Dearest Joseph

son
brother (in-law)
husband
dad
uncle
nannu

Forever loved
Always remembered

Cute baby Joseph

was born on 23 September 1962

First Holy Communion

Childhood fun days

Messages from family

A ton of love from **mum & dad**

"Ma ninsa qatt kemm kont thobbni Joseph! Kemm ġejt miegħek għal kaċċa, tonsob u tistagħad. Avolja kont niekollok l-ikel kollu, dejjem tidħak bija. Kemm tajtni u xtrajtli annimali, u narak xbin - kif għidtli il ġimgħa qabel ħallejtna. Inħobbok". clint

"Dejjem f'qalbna u f'moħħna għal dejjem".

marion, jesmond kirsty, kieron

Joseph

a good boy, indeed

Ta l-inqas hekk qalet ommu Lora, li qisu beċċun kien kwiet.

Messages from family

"niftakar mumenti sbieħ, kull darba li narak, dejjem tiċċaċra u tidhak u tgħid xi bużullotta. ma ninsiek qatt Jo-Jo tagħna. love you lots" ... marisa

"nebbiexi" — kaylon

"kaxxa ġenn" — sharon

"ferrieħi, qalbu tajba" — kian

"l-ikbar tgħalima li ħadt mingħandek brother, meta rajtni nkisser ħajti u ma ridtx tkellimni. Imma kif rajtni li erġajt bdejt ħajja ġdida - kienu wisq sbieħ dawk il-ġranet li erġajna dħakna flimkien. Wisq inħobbok brother, tal-ġenn kont" ♥ adrian

JOSEPH THE GROOM

Joseph & L'ora

& pretty Daphne

Messages from family

"Kemm memorji ta tfulitna, il-logħob kont tivvintah. Ħaġa waħda nixtieq li ngħannqek waħda ta l-aħħar u tgħidli xi ħaġa u jirnexxielek tnissel it-tbissima fuq wiċċi. Nħobbok ħafna." jane

"L hena tiegħi niltaqa miegħek"

kylie

"Qalb tad-deheb"

kurt

"Bis-semplicitá tiegħek u anke b'nofs kumment kont dejjem kapaċi tbissem lil dawk ta madwarek - niftakruk bi tbissima." kirston ♥

Playing Time

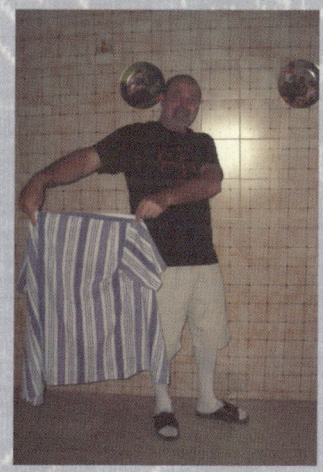

Storja helwa ta vera

Id-dar ta Daphne

Joseph: Icempel lil Daphne. 'Hello, Daphne?'

Sharon: Minflok twieġeb Sharon.
'Hello, Rosemary jiena.'

Joseph: 'Rosemary mal-patuta il-forn namila.'

Sharon: 'Isma dak ismi toqodx toffendini.'

Joseph jaqta u jerga jcempel

Joseph: 'Hello, Daphne?'

Sharon: 'Le hi, Rosemary jiena. Diga ghidtlek. Inti ser toqod iċċempilli jaqaw?'

Joseph: 'Isma jien ghandi mara ta. Ha nghajtilha, Lora!
Ara, mhux hawn qieda.'

The End

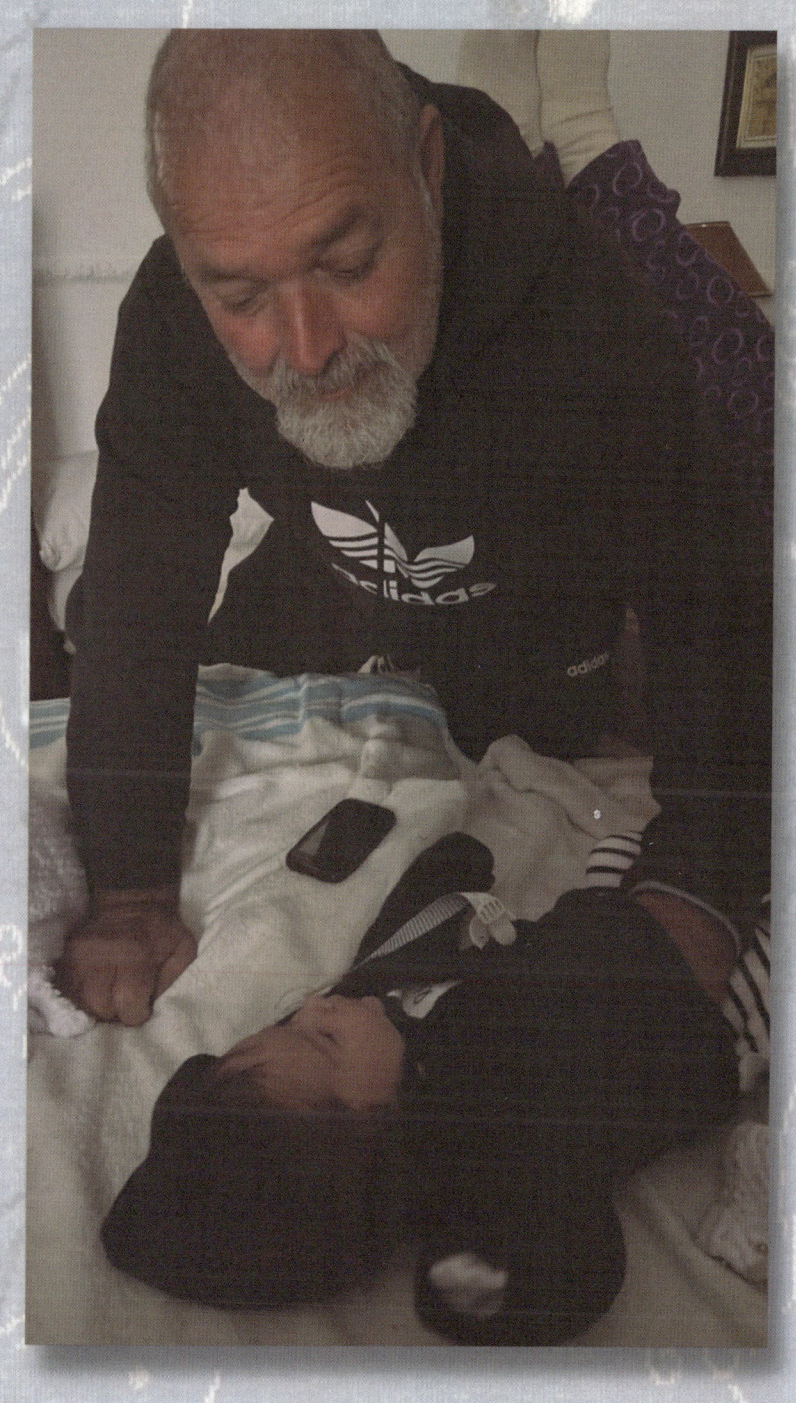

Proud nannu Joseph with baby Lias

Family boys, u nanna Zolla

Aw, sexy!!!

Dearest Joseph

Your infectious laugh and warm smile could light up a room.

Your passing has left a void in our lives that can never be filled, but we take comfort in the knowledge that your spirit lives on through the memories you left behind.

As we bid you farewell, we take solace in knowing that you are now at peace, free from pain and suffering.

Rest in peace, dear Joseph. You will be missed but never forgotten.

With love,

il-familja

Printed in Great Britain
by Amazon